뚝배기 수사학

책 만 드 는 집 시 인 선 166

뚝배기 수사학 修辭學

윤소연 시조집

책만드는집

제가 종심의 나이에 딸 하나 낳았습니다.
이렇게 예쁜 딸 보신 적 있으신가요?

 알게 모르게 등 뒤에서 나를 지켜준 존경하는 우리 여
보, 사랑하는 아들들 – 한순간만이라도 이들과 교감이 끊
기면 내 온몸은 분해되고 맙니다 – 그들의 보살핌 안에서
기쁘고 슬픈 것을 나름대로 표현하는 즐거움에 나는 가장
행복한 지구 여행자가 되었습니다.

– 2021년 2월
윤소연

| 차례 |

1부   뚝배기 수사학

2부   바람과 섹스

3부　가을 점묘

4부   어느 가을날

5부 울고 싶은 봄, 봄

1부

뚝배기 수사학

뚝배기 수사학 修辭學

문득 나, 그대와 겸상
밥 한 끼 먹고 싶네
놓쳐버린 그 옛 시간
묵은 사랑 한 술 얹어
앙가슴
허기진 골을
다독다독 달래고 싶네

옹근 옛 맛 풀어내는
자글자글 된장 뚝배기
예쁘단 말 한마디에
온몸이 달아오르고
야성이 꿈틀거리는
벽화 속
숫처녀 초상

목련 소묘

깜깜 먹지 어둠 속에 주술을 걸어주면

천 년 전 수묵화에 파릇파릇 움이 돋고

랩소디 한 소절인 듯 부서지는 바람 소리

누굴까, 격자창에 흔들리는 저 그림자

쫓겨난 옥황상제 계율 어긴 외딸인가

백목련, 소복을 입고 석고대죄하나 보다

목련 스토리

뇌성벽력 치는 하늘 빗소리도 심상찮다

상제님 노여움에 내쳐진 두 그림자, 공주를 지키던 호위
무사 간곳없고 생생한 기억으로 이른 봄날 어느 정원 목
련으로 피어난 공주, 밤이면 흰 고무신 다 닳도록 천지사
방 쓸고 다녀도 호위무사 종적이 없고…

찢어진 흰 고무신짝만 뒹굴다 가는 봄·봄

경자庚子야, 경자야

경자년 가을보리 되듯 하네*
배고픈 나를
그리워한 그 죄밖에, 그 죄밖에 없는 나를
가라고, 해머로 냅다
뒤통수를 치는 그대

그리워한 형벌밖에, 그 죄밖에 없는 나를
그토록 잊으라고 아프게도 후려치네
신축년
소 한 마리 보내놓고
경자 너만, 떠나는 거야?

* 경자년에 가을보리가 아주 흉년이 되었다는 뜻으로, 사람이 그 모양을 제대로 이루지 못하거나 일이 잘못되었음을 비유적으로 이르는 말.

아홉 살 채송화

마당귀, 외짝사랑 해바라기 해 따라간다

제 그림자 쪼아대는 병아리 떼 몰고 다닌

쨍쨍한 햇살도 지쳐 구름 베고 누운 오후

어린 새끼 쫓아대는 말썽쟁이 검둥개는

어미 닭한테 꼬집혀 뒤란으로 쫓겨나고

공중 쇼 벌이던 잠자리, 맴맴 돌다 떠나간다

울긋불긋 리본 매단 토방 밑 오색 채송화

기다리는 동무 나비 장다리꽃만 찾아가자

토라져 짜증 부리다 꽃 다 져버린 내, 유년의 뜰

열여섯 살의 창

저저, 저저
호랭이나 물어 갈 가스나야

하라는 공부는 않고 머슴애나 만난다고

울 엄니, 교향곡처럼
쥐어박던 그 잔소리

좋은 걸 어쩌라고? 넹택없이 좋은 것을

우물 속 깊디깊은, 헤어나지 못한 열병

만장굴 종유석처럼
녹아내린 가슴 한쪽

팔랑팔랑 팔랑개비 나대는 내 손목 잡고

비를 피한 느티나무 오십여 년 흐른 나이테

참말로 호랭이 물어 갔나?

망구 돼버린
그
열여섯 살

금목서 향기로 오는 아침

1
거울 속 낯선 얼굴 선문답하는 저물녘에
발붙일 곳 없는 하루 춤바람 난 아낙인가
선무당 접신을 했나?
도끼날 위 춤을 추는

2
돌아보면 골패 던진, 노름꾼 그 몸짓인 듯
손에 쥔 건 하나 없고 남은 건 텅 빈 전대纏帶
홀로 선 모노드라마
몸서리친 나날처럼

3
쌩쌩 전신줄 울리는 바람 잦은 동틀 무렵
'날이면 날마다를 좋은 날 되게 하소서'
금목서 향기로 퍼진 기도
환타빛 동살
눈부시다

돼지감자에 관한 명상

강물은 실뱀처럼 산을 돌아 꼬리 흔들고
마른 갈대 나지막이, 나지막이 서걱댄다
폭폭한 제 속울음도 못다 퍼낸 그런 날

길 떠날 채비 하는 물잠자리 언뜻 비친다
주름살 밀린 볼엔 동전만 한 흉터 잡히고
이따금 노란 덧니를 살금 깨문 꽃이라니!

귀한 것 천한 것 없이 다 품어온 땅을 밀고
헛바람 쐰 낯으로 찡긋 웃는 돼지감자
흙 속에 오금팍 묻고 깊은 묵상 잠겨있다

봄비 맞고 딸 하나 낳고

지난겨울 큐피드가
부메랑으로 돌아온 봄

한 사날 가출했다
슬몃 푼 옷깃처럼

꿈결에 내려온 태몽
꽃배암의 삽화 한 장

몸엣것 끊겼어도
삼신할미 점지해 주면

배꼽 위
바가지만 올려놔도
애를 밸까?

실비에

젖은 자궁 열고
태어나는 꽃망울들

그래, 내가 뭐 어쨌다고?

하는 일 족족 무너져 넋이 나간 잔해 속에

지지고 볶아대고 징징대며 살았다니까

먹구름 나그네 되어

온 천지 싸돌았어야

참말로 징하다 징해,

아랫돌 빼어 윗돌 막고

구정물 뒤집어쓰고 찌그러진 깡통 차고

파랗게 질린 하늘이

오메, 너

뭐야?

소리 쳤어

동백, 성미도 참

아우 동백
성님 동백
울먹울먹 보고 싶다

칭얼대든 말든 그냥
돌아눕는 불 꺼진 창

참아라,
참는 자 복 있도다
울다 웃다 그러안고

흰 눈 맞고 필락 말락
그 자태가 예쁘다고?

그때쯤 보겠는데
촐랑촐랑 만개했네

쯧쯧쯧…

성급한 가시내

앞섶 풀어 헤치고

미스터 로댕

기쁨·슬픔 다 감추고 말문 잃은 미스터 로댕
세월하고 내기하다 도 닦아 얻은 게 뭐지?
대답할 말문이 막혀 턱 괴고 앉아있다고?

굽으면 굽은 대로 각지면 또 각진 대로
높은 데서 낮은 데로 물처럼 살란 말이네
그렇게 아등바등해도 얻어진 건 허무잖아

풍찬노숙 주눅 들어 아직도 외톨이라고
무심결도 부질없고 종종대도 재수 없어
이따금 건배나 외치며 품위 있게 살라잖아

새들의 날개는 금빛을 떨군다

새벽 바다 산통인 듯
모래집물 홍건하다

해산하는 그 품새로
지금 막 옥문玉門 여는지

설구이 아침 햇덩이
터억 올린 동해 바다

금박 물린 하늘 한 폭
갑사바람에 펄럭인다

날갯짓도 둥개둥개
너울춤 추는 물새 떼

빙 돌아 햇무리 그리며
젖꽃판을 매만진다

목이 붉은 속울음

천마산 군립공원 음악회 열리는 그날
까막까치 오두방정 온 숲이 술렁이고
멧새들 풍문을 물고 산의 품에 깃 사린다

한 치 앞 모르면서 사선 넘어온 말매미
칠팔 년 적소適所의 땅, 캄캄한 흙을 밀고
제 몸속 감긴 태엽을 매암매암 풀고 있다

목이 붉은 속울음만 울컥울컥 받아내는
눈먼 돈 탐하다가 기둥뿌리 뽑힌 노숙자
뭇시선 눈총을 피해 덮고 누운 그늘 턴다

2부

바람과 섹스

바람과 섹스

해마다 유산된 시어, 불임의 날 연속인데
폐경의 자궁 속에 희한한 일이 생겨났어
아빠가 누구냐 묻지 마
난 지금 임신했어

그는 꽃이야, 바람이야, 눈부신 햇빛이야?
이 몸에 시의 씨앗을 몰래 심어준 저 아빠
그 너른 품속에 안기면 오르가슴 절로 일어

무뇌아로 숨진 낱말,
가슴앓이할 적마다
원고지 칸칸마다 시를 잉태한 바람, 바람
초로기 마른 가지에도
새싹 돋게 하는 그대

그믐달 캐리커처

1
몇 날 며칠을 실랑이질
천둥 번개 큰 바람 뒤

개기월식 주먹다짐에
핼쑥해진 저 그믐달

지쳤나
힘에 겨웠나
생기 다 축나버린

2
이고 메고 손의 짐을
다 버리고 덜렁 혼자

뼈만 남은 등허리로
허위허위 서산 넘을 때

고흐가

흠모한 옆얼굴

은빛 눈썹 반짝인다

어떤 한가위

흩어진 피붙이들 한데 모인 저녁 무렵

민화 속 둥근 달을 손 내밀어 따려다가

피박 쓴 시동생 얼굴 달빛으로 물이 든다

복화술로 강림하신 사진 속 시어머니 말씀

공산명월 밝다 한들 네 형 이마만 하겠느냐

온 동네 웃음소리에 별똥별도 마실 온다

문득 오는 가을

때깔 고운 잎새들 사찰 마당 패션쇼다
한 아낙 불경을 덮고 느닷없이 소리치네
내 남잔 왜 하나뿐야?
세상 반이 남자·여잔데

밤송이 웃음 못 참고 툭 터지는 가을이네
따라 웃다 도토리도 떨어져 빈손 털고
따그르 목탁 소리에
또글또글 굴러가네

잠자리 코스모스 낭창 휘청 탱고 추고
졸린 눈 번쩍 뜬 부처
다다익선 좋다고라?
처마 끝 물고기 풍경
하늘 마냥 헤엄치고

타임머신 원두막

밤마다 타임머신
타고 갔지, 그 원두막

옛 모습 그대로인
눈빛이 날 안아줬어

쿵쿵쿵, 소스라쳤네
어머! 대장군
남편의 품 안

아늑한 이 안식처
세상에 또 있을까

가끔은 몰래몰래
떠올리는 그 참외밭

밤마다 설치는 잠결

눈꺼풀에
열린 뉘 얼굴

빛빨래

빛으로 찔러 들어와
첫 궁을 연 그대였네

돌쩌귀 연분으로
하얀 속옷 받아 들고

젖은 손 마를 날 없이
내 꿈밭을 가꾸었네

촛불 켜는 간절한 맘
새끼 꼬아 금줄 쳐놓고

저녁상 마주 앉아
접어놓은 미래는

바람에 하얀 빛빨래로
나부끼고 있었네

무한대

그림으로 그리자면

하늘도 모자라고

천금도 아깝잖은

무한량 값인 것을

얼만지

모르는 순수

몽당연필이

적고 있다

알, 황금 은행

황금빛 저녁노을
들녘을 색칠한 날
투두둑, 은행나무
주판알 떨어낸다
검은색
비닐봉지 들고
금을 줍는 아낙들
허우대 멀쩡해도
돈 때문에 썩고 썩는 속
냄새 좀 나면 어때,
삶 자체가 다 구린걸
저것이 진짜 금이면
저 알 벼락이 싫겠는가
막내아들 학자금에
둘째 아들 장가 밑천
구린내 어때
내가 지금 립스틱 칠할 때여?

돈벼락 맞아도 좋다
많이많이 떨어져라

끗발도 없는 것이

은유로나 풀어볼 머릿속 잡동사니

시는 또 뭣 하려고 늘 썼다 지우는가

너한테 보낸 연애편지

몇 해 넘게

감감한데

까치 울면 좋은 소식 물고 온다 누가 그랬나?

멀리서 우는 소리 꿔서라도 듣고 싶은 날

에계계! 청첩장이네

콱! 너, 알밤 줘

꿀밤 줘

나를 염殮하는 시간

도토리묵 쑤어대듯 묵은 상처 휘젓는 달
개울물 잠 못 들고 속울음 함께 우는 밤에

지금 난, 어느 외딴곳
유배 가는 것일까

가진 건 부끄러운 탄식만이 남아있고
서로 만난 적막끼리 휘파람 부는 언덕

웅 웅 웅 들리는 환청
귀에 익은
목소린가

산과 들 골짝마다 한평생 기웃대는
손가락 한끝 너머 무너지는 모래성 좀 봐

도요새 날아간 자리

유품처럼
깃털 떨구고

3부

가을 점묘

사랑

어떤 땐 대나무처럼
텅 빈 속 맹물 같은

아무런 맛도 없는
그런 사람
나 알지요

어느 날
그 마디마디
내 온갖 투정,
고여있었죠

백일홍 힘누스*

사방은 산이고 바다
고달픔 죄 풀어놓고

염라대왕 맞장 뜨며
명줄 그리 쥐락펴락

하늘빛 속절없다고
석 달 열흘 발화發話하네

백 날 내내 쉼도 없이
기도하는 사도인가?

접힌 하늘 되작되작
애면글면 피어난 꽃

너 예뻐!
따스한 입말에

52

피가 도는 백일홍

발라드풍의 오후

느티나무 마른 가지 갈색 깃털 흔들린다

소리 뚝 끊긴 하늘 갈바람 지날 때마다

콕콕콕 부리로 쪼는 건

가랑잎인가 시간인가

빈손으로 떠나가는 뒷모습이 수채화 같은

가을 저변 하늘마저 잿빛으로 가라앉고

오후의 저 흔들림은

낙엽일까 새일까

철쭉꽃

캉캉춤 신나게 추는

깨복쟁이 무용수들

예다제다 입고 벗고

패션쇼 한창인가?

음전한

숙녀 뒤켠에

발랑 까진 꽃 사태다

라일락 칸초네

한잔의 취기처럼

오월은 붉어진다

딸기코 짓무르도록

만져보고 안아보고

얼렐레

입 맞춘다고

기겁하고 도망치네

봄, 각설이

골목 쩡쩡 잡귀 쫓는

엿장수 가위 소리

꽃샘잎샘 썰렁한 신발

툭툭 차며 품바품바

진달래 골골 물들이고

발랑발랑 춤추고

비 혹은 넝쿨장미

비가 오면 더욱 붉게, 붉게 젖는 넝쿨장미

보고 자운 누가 있어 울타리 기웃거리나

꼭 집어 말은 못 해도 만져보고 싶은 이름

몸살인 듯, 미열인 듯 생으로 앓다가는

누군가 대못 박은 아픔은 풀리지 않고

숨어 산 그리움으로 쏟아지는 빗방울을

낙서처럼 이름 몇 자 적어본 것뿐인데

천둥 번개 밤새도록 종주먹 들이댄다

제 안에 그만한 죄 하나, 죄 하나 없을까

쓸쓸한 알레고리

1
치매 노모 봉분 한켠 산나리 마른 대궁에

지상의 빛과 그늘 날갯짓에 새겨 넣고

남몰래 저 호랑나비

이른 조문 왔나 보다

2
수백 년 느티나무 수몰된 저수지엔

간데없는 일가친척 떨구고 간 세간 몇 가지

바람과 노는 물무늬

헛손질하는 저 파문

돌부처 실직자

허구한 날 흑백 돌로 허튼소리 운수 재다

남도 땅 어느 암자 도 닦으러 가버린 백수

받침목 하나 없다고

사람 人 자 안 되는지

기댈 등 무너지고 졸지에 혼자 먹는 밥

굽이 닳은 팔자 푸념 일주문 막 지날 무렵

어머나! 저 돌부처도

실직했나 하늘만 보네

가을 점묘

철마다 열병 앓고 붉어지는 나무 잎새
날건달 걸립패 같은 풋감 그도 익어가고
샛노란 은행잎들은 나비 되어 날고 있다

선탠 중인 호박 자매 단 냄새에 군침 돌고
참새 떼 쫓아주고 이름값 한 허수아비
목 축인 두어 사발에 비틀대는 가을 초입

높아진 하늘 누비는 살 비친 고추잠자리
갈볕에 온몸 후끈 달아오른 포옹 장면
그 도킹 훔쳐보다가 사과도 얼굴 붉힌다

소문의 꼬리를 물고 산새들 날아가고
참말인가, 창을 열면 여백으로 남은 허공
낙조로 등불을 켜 든 오솔길이 그림 같다

우보살* & 도마뱀

1

농자지 천하지대본農者之天下之大本 멍에 벗고 보살이 된

예불 시간 똑 똑 똑 똑 알리는 황소 헛바닥

뭇 중생 와글거리고, 불전함이 배부르고

2

설법엔 관심 없고 눈독 들이는 잿밥

절 마당 오층탑 속에 무얼 묻고 가려는가?

꼬리 툭, 잘라버리고 줄행랑치는 저 도마뱀

3

때때로 하릴없이 목어가 바람에 울 때

잡힐 듯 잡히지 않고 도망가는 남기였네

이것도 깨달음인지, 우보살은 목탁 치고

* 백천사는 신라 문무왕(663년) 때 의상대사가 창건한 사찰로 와룡산 기슭에 있다. 이곳에 초대형 와불과 혓바닥으로 목탁을 치는 '우보살'이 있다.

소리의 미학

1

유리창 두들기는 총알 소리 빗물인가,

떡갈잎 건반 울린 세마치 자진가락

후드득, 큰북 작은북

땅꽂이를 뒤흔든다

2

기나긴 편지 받고 새가슴 콩닥콩닥…

사립문 가만 밀고 누굴 만나나 묻지 말라

하늘도 먹구름 흝는

대처로 마실 가는 날

3

한여름 밤 원두막 참외 서리 들킬까 봐

아버지 헛기침에 줄행랑치던 그날

어쩌나! 헛발 디뎠나?

별똥별,
은하수에 퐁당…

홍시, 혹은

간당간당 폭풍우 속 명줄이 끊길 순간
행객들 밥 보시해 준 시어머니 음덕인가
선홍빛 저 이젤 위에
가을의 정물로 걸린

건들면 툭 터질 듯 눈물샘 다독인다
햇살에 뜸질하고 독소까지 삭여내고
일광욕 즐기는 오후
매스게임 한창일 때

펼쳐진 카드섹션, 그 누구 자서전인지
까치 떼 아우성인 불길 물길 재를 넘어
또 한 생 붉은 그날이
뉘엿뉘엿 타고 있다

빗속의 푸가
-노적봉에서

단잠 다 깨워놓고 선문답에 지새운 날

그것도 죄가 되나 부질없이 떠돈 헛꿈

새파란 힘줄이 꽁꽁, 손등을 얽어매 났네

산목숨 아니라고 발버둥 치는 내 그림자

친구들은 도진 병증 역겹다고 면박이고

철철이 열병 앓아도 눈썹 끄덕 않는 그대

에라! 그냥 땡중이나, 땡중이나 돼버릴까

몸 따로 마음 따로 놀지 말라 노한 산신령

따다닥, 굵은 빗방울 총알처럼 쏘아댄다

4부

어느 가을날

넝쿨장미

첫정 같은

저 정념

누가 보낸 연서일까

울타리에 틈틈이

끼워놓은 간절함

사방이

애오라지, 너

활짝 웃는

너의 얼굴

자갈길 랩소디

물가에 선
아이처럼
위태, 위태 넘어질라

듣고 있는
멜로디 따라
허풍선이 돼버린 나

남의 속
헤집고 다니다
줏대조차
잃어버리고

사람한테
삐져나온
세모 네모 길쭉 넓적

뾰족뾰족
성깔머리
제 무기력 이겨내려

자존심
자극하는 길
찌릿찌릿 맨발로 걷네

입동 무렵

겨울 채비 미처 못 해
바라보는 입동 하늘

천년의 허기 같은
높새바람 불어오고

놋주발 자리끼 물은
살얼음 동동 떠있다

설핏 잠든 사이로
우렁각시 올 어머니

한 소리 또 해대시며
절임배추 손보실 적

시린 손 더 시리게 하는
첫추위 맵찬 바람

매듭달, 안단테

스웨터
올 풀리듯

개개풀린
섣달그믐

새파란
초승 첩이

사립문 밖
여수는데

삐대는
십이월 사내 좀 봐

피 터지게
꼬집어주랴?

꽁초 버리지 마슈

천마산 오르막길 옷깃 스친 행인 서넛
내어 밀 명함 대신 롯데 껌을 씹어댄다
세상사 단물 빼먹고 그냥 버리기 딱 좋은 껌

전 국민 한 푼 두 푼 보태준 십 원짜리로
고층 빌딩 하늘 높이 쌓아 올린 거대한 롯데
이것 참! 정년의 나이만 낙동강 오리알 신세

천마산 소나무 밑 꼬리 처진 수사자들
너덜너덜 기운 소문 둘러메고 하산하는데
술값도 잘 못 내면서 빈총만 쏘아댄다고

환청인가, 환청인가? 쫑알대는 새소리들
자존심 달래려고 담배 한 개비 피워 무는데
뒤통수 냅다 툭 치며 떨어진 솔방울 하나

달맞이꽃

고추밭에 놀러 온 놀
벌겋게 물들어 가고

이명耳鳴 속 매미 울음
붉게 붉게 잦아든다

풋과부, 막내 시누이
늑대 한 마리
기다리는 밤

실루엣 줍는 바다

휘진 속 흰 머리칼로 자라나는 소금밭에
여러 해 생리불순, 입맛 잃은 재갈매기 떼
개펄의 조개껍질만 콕 입질하다 떠나가고

헛손질 자꾸 하다 그물코 다 해진 하루
황금 실로 수평선 잇대고 있는 저녁노을
저 멀리 출렁거리는 실루엣을 줍는 앵글

샤일록, 커피 한잔 어때?

멱살 잡는 빚 독촉에 제정신 아니던 날
푸릇푸릇 느티잎 일순, 둔갑한 만 원 지폐
돈꽃이 활짝 피었네
샤일록 안부를 묻네

행복도 재화財貨라면 어느 장터 반액 세일
명줄 마냥 쥐락펴락 염라대왕 몽니 달래고
한 움큼 넘치게 따서
행복기금 마련할까?

내 빚장뼈 다 녹여낸 고리 이자 탕감하고
반 딱! 잘라 굶주린 식량난 구제는 어때?
샤일록, 견공처럼 벌어
정승같이 쓰잔 말이네

모조 모나리자상

얼치기 방황하는 날 다니던 길도 낯설다
어느 별자리 혼을 놓고 비틀비틀 헤매 도나
인파 속 현란한 시어
줍고 있는 저 목각 인형

보물지도 두루 찾듯이 인사동 고서점을
허기진 채 기웃대며 긁어모은 내 시어들
서투른 모자이크로
눈썹 그린 저 모나리자

젖니같이 돋은 새싹

정·중·동 겨울바람이 새겨놓은 성에꽃을
반쯤 유리창에 걸고 소한 대한 떠나가면
꽃샘에 꿀밤 얻어맞고 앙앙대는 잎새들

작년보다 훌쩍 자란 키 저희끼리 어깨 겯고
저마다 흰 팔다리로 맨손체조 하다가도
동 동 동 잰걸음 치고 모여드는 저 풋냄새

살을 에는 살얼음에 손발 시린 버들개지
하나둘 고개 드는 개복숭아, 배꼽살구랑
밤새껏 돋는 젖니 같은 새싹 살금 내민다

어느 가을날

1
조금씩 익어가는
중년을 지나고도
맹물 같은 허우대로 아무 맛도 없는 땡감
흰 구름 한 조각이네
높디높은 푸른 하늘

2
갇혔다 몰려오는
시커먼 먹구름으로
티끌세상 혼쭐내는 천둥 번개 그 성깔로
천상의 가브리엘인가,
욕심 없는 촌부인가

3
막걸리 서너 잔에
온 사방이 휘청대고

여보, 여보! 밥 먹어 환청에 화들짝 놀라
동공이 보름달만큼
커지는 가을,
가을이네

비발디 '사계'

1
굽이도는 고갯길에 갈 곳 잃은 아리랑 바람
뒤로 쿵 자빠져도 요강 뚜껑 위 앉는다는
산불에 홀랑 탄 과부 속 살랑살랑 꼬드기네

2
햇빛 붉어 고운 들판 낮잠 든 허수아비
빈 깡통 흔들흔들 훠이훠이 참새 떼 쫓는
논두렁 한량 바람은 오지랖 넓은 기둥서방

3
성인용품 앞에 서면 아직도 붉어진 얼굴
단풍잎 치맛자락 스릇 더듬는 갈바람은
잘난 척, 폼만 잡다가 낙엽 툭툭 치고 가네

4
자린고비 겨울 햇살 빛 독촉에 덜덜 떠는

그 한쪽 가지마저도 부러진 겨울나무
펄 펄 펄 함박눈 송이 털외투 입혀주네

겨울나무

청설모는 겨울철마다 터득했네, 생존법을
일곱 첩 중 눈먼 첩 하나 남기고 다 쫓아내고
배부른 겨우살이 준비에
사뭇 여념 없는데

그동안 매듭짓지 못한 열 길 사람 속내
성큼 다가선 세월에 코피만 연방 터져
아무도 내몰지 못하고
홀로 구시렁구시렁

월동 준비 다 끝낸 겨울나무는 불평 없이
우듬지에 까치집 한 채 망루를 지어놓고
동장군 쳐들어오면
삼지창 가지 쿡 찔러대네

민들레, 민들레

등에 업힌 천근 무게
덜 데 없는 천지간에

눈곱만큼 양보 없는
콘크리트 틈새 밀고

맞장 뜬 저 소녀 가장
부릅켜 곧추세운다

5부

울고 싶은 봄, 봄

울고 싶은 봄, 봄

바라는 것 다 못 채운
하늘 가녘 먹빛이다

창호지로 싸놓은 연두
봄비에 젖어들면

낙타 등 산등성 타고
봄꽃들 막 시샘하고

까닭 모를 우울증에
매니큐어 손톱 세워

바위 같은 너의 침묵
콕 꼬집고 싶은 봄날

창밖의 수수꽃다리
나만 두고 사라진다

들꽃 프롤로그

이슬 젖은 머리 땋아 빗고

빈터 고이 지킨 너를

어느 한때 곱게 꺾어

화관처럼 머리에 꽂고

어머니

낡은 화장대에

영정처럼 얹혀있다

달의 생애

할머니
저 하늘 풍선
바람이 빠지나 봐요

가득 차면 비워야지
하나둘 버리는 거야

통통한
할미 보름달
볼
눈썹만큼
남았구나

어떤 심술

1
저 고요 봐라, 봐라 숨 막혀 숨이나 쉴까?

다소곳한 푸른 하늘 여영 그리 말이 없고

다가가 뾰족 바늘로

옆구리 콕 찔러볼까?

2
어머머, 높디높은 감나무 위 홍시 좀 봐

부잣집 고명딸인가? 넉살 좋게 일광욕하네

어쩌나 저 호사를 그냥

마구마구 흔들고 싶어

3

갑돌아! 너, 날 두고 장가간단 말이지 응?

흥! 얘들아 다 모여라 오늘 밤 술 파티다

작달비 석 달 열흘만

쏟아져라

좍 좍 좍⋯

여름, 개구리 소리

여보게, 남쪽 논배미 개구리들 뭐라카노?

에 넬 엘, 에 네 렐*

영어 공부 하는갑다

스펠링 바로 쓰라고

아재한테 쥐어 터지나 봐

* NLL(northern limit line, 북방한계선)을 소리 나는 대로 쓴 것.

행위예술

-눈사람

눈이 쓰는 각본대로 막 오른 모노드라마

진흙밭 분탕질 속 그나마 부서질까 봐

해종일 문지기만 하는 말문 닫은 저 아저씨

무명 아티스트

엽엽한 시 한 편 없는

코 빠진 날 달랜다고

생일날 축하 노래

"왜 태어났니, 왜 태어났니?"

상처다, 그 장난말도

씀벅씀벅 눈물 고인 날

가죽만 남겨놓고 호랑인 어딜 갔나?

처다본 하늘 저편

웬 낙서 뭉치 저리 많을까

썼다가 구겨버린 것

구름인가, 구름 되었나?

가을 서곡

나뭇잎 그네 타는지
빙그르 공중 도네
잠자리 공중서커스
묘기 대회 펼친 가을
가냘픈 저 날갯짓도
하냥 그리 즐거운가

복더위 훨훨 털어낸
고추밭 빨간 소문들
탱글탱글 호기심에
홀랑 벗는 가을걷이
땀방울 식혀, 식혀서
중추절 달 차오르고

하릴없이 붉어진 잎새
기웃대는 저 갈바람
달빛 입은 밤송이가

알궁둥이 훔쳐보곤
다람쥐 발짝에 이크!
괴춤 잡고 줄행랑치네

어머니 청국장

울 엄니 장광에 알밤 투두둑 지는 가슬에
사립문 빠끔 열고 저녁노을 들어서면
컹 컹 컹 꼬랑지 흔들며 검둥개 짖어대고

오래비 사탕발림에 홀딱 빠진 올케도 와
간당간당 살아온 얘기 국숫발처럼 뽑아내면
엄니는 오래간만에 살맛 한껏 나시는가

이 맛도 저 맛도 아닌 중국산 식품들은
당최 입맛만 버린다고 올망졸망 싸주신
콤콤한 청국장, 된장, 들깻잎서껀 밑반찬

온갖 스트레스 다 녹아든 뭉근한 그 맛에
사는 일 아리송한 내 맺힌 속도 풀어져
수천 번 공수표만 날린 지아비도 밉지 않네

홍어 애

보리밥 풋고추 된장, 아버지 밥상 위엔
짚 더미 속 묻었다 꺼낸 홍어무침 오르고
울 엄니 문드러진 가슴
폭 삭은 향기 퍼지고

명치끝 체기로 남아 늘 콧등이 저려오는
울컥울컥 치민 울화, 온갖 시름 반평생을
저 매미 홍탁에 취해
곡비哭婢 되어 울어댄다

벼락의 한 연구

벼락바람 웬 심술로 실한 열매 다 빼앗나
없는 살림 꾸려가기 허리가 휘청대고
돈 한 푼 주진 못해도 쪽박은 왜 깨는 거야

좋으면 그냥 볼이나 쓰다듬고 갈 일이지
몰래 슬멋 손목이나 잡아주고 말 일이지
통째로 비틀어버린 안면몰수 날벼락!

번개 격정 못 이겨서 쑥대밭 돼버린 논밭
네 탓 내 탓 손가락 총 국회도 동티 나고
빛 잃은 올 추석 보름달, 손가락만 빨겠네

뚝배기에 끓여낸 청국장의 미학

정용국 시인

1. 들어가며

현대사회는 매스미디어의 역할이 극대화되면서 불특정 다수에게 엄청난 정보를 전달하는 것이 용이해졌다. 이는 산업화로 인한 교류의 확대와 정보량의 증가에 따라 신속한 정보 입수를 통해 급속하게 변화하는 사회환경에 적응하고자 하는 자연스러운 발전이었다. 이로 말미암아 세계가 신속하게 소통하고 정보를 공유하는 장이 마련되었다고 볼 수 있지만 지나친 불량 정보와 저급 문화가 시류를 주도하는 불순한 사회가 되었다는 지적을 피할 수 없게 되었다. 또한 다양한 영상 콘텐츠와 웹진webzine이나 애니메이션 등이 청소년층의 인기를 끌면서 문학이라는 장르는 상당히 위축되고 배제당하는 분위기가 형성되었다. 쉬운 예로 어린이가 동화를 읽지 않고 중고생들이 한국문학이나 세계문학의 고전들을 멀리하게 된 것이다. 대학에 진학한 후로도 그들은 교과과정에 나오는 최소한의 작품을 가까스로 공부할 뿐이고 대부분의 학생들은 넘쳐나는 유행 문화에 빠져들게 되었다.

천 년에 걸친 오랜 세월 동안 인쇄 기술은 서서히 발전하면서 인류의 문화를 주도하는 매체로 중요한 임무를 수행했다. 불과 50년 전까지만 해도 인류는 서책을 중심으로 다양한 문화를 습득하고 익히는 기조에 익숙했고 당연한 것으로 인식했지만 20세기 후반부터 출판문화는 매스미디어의 급격한 도전에 직면하게 되었다. 이러한 변화에 가장 큰 영향을 받게 된 것은 아마도 문학 장르라고 생각한다. 어린이들은 우선 책과 친해지기 전에 전자 기기를 익숙하게 다루는 법을 배우고 기기를 통하여 각종 놀이와 정보를 해결한다. 문학이 그들에게 지루하고 구태의연한 장르로 취급되어 버리는 것은 당연한 일일지도 모른다. 이 험난한 지경에서 시조의 경우를 돌이켜 본다면 현재 시조단의 규모나 창작 열의는 기적에 가까운 현상이라고 할 수밖에 없다.

현대시조는 가람 선생을 중심으로 한 걸출한 선배들의 재건 의지로 겨우 명맥을 이은 후 빠르게 변모했다. 이제 시조 중흥의 역사는 확실한 가닥을 잡았고 의외로 큰 궤적을 보여주고 있다. 이러한 과정에서 현대시조는 외형적으로는 구어체와 한자 중심의 문체를 정리했고 내용 면에 있어서도 계몽이나 교훈적인 수준을 훨씬 뛰어넘어 문학 고유의 서정과 정신을 올곧게 구현하는 문학 본연의 자세를 추구하게 되었다. 왕조시대의 붕괴 조짐이 시작된 18세기부터 시조는 풍자와 해학이라는 기법으로 세태를 날카롭게 비판하고 시류를 선도하는 여항문학으로 시절가조의 위의를 갖추게 되었다. 특히 시조의 단형에서 벗어난 사설시조는 이를 구현하기 좋은 형태였다. 그러나 일제 침략기와 서구 문명의 거침없는 유입으로 세파에 휩쓸린 시조는 잠복기를 거쳐 한국시조시인협회가 출범한 후 본격적으로 현대시조를 주도하면서 21세기의 큰 해류에 거침없는 역주를 보여주고 있다.

해방 이후 미군정을 거쳐 민주국가로서의 기틀이 완성되면서 모든 예술은 왕조시대의 구태를 일신하게 되었고 시조도 내용과 형식에서 재정립하게 되었다. 그 과정에서 시조의 주류를 형성했던 '풍자와 해학'의 재미가 급격하게 감소되는 분위기가 조성된 것은 아쉬운 일이라 하겠다. 다소 장황하게 모두의 글이 길어진 것은 윤소연의 작품에서 풍자와 해학의 변형된 장면들이 자주 등장하며 시조의 재미와 긴장감을 주고 있다는 점에 필자의 눈길이 닿았기 때문이다.

예술 작품은 문학뿐만 아니라 다양한 장르에서 미를 추구하는 과정의 창의성을 가장 중요한 요소로 감안하고 있다. 이는 고금을 통틀어 변하지 않는 기준이다. 물론 작품성의 우열을 가릴 때는 여러 가지 요소를 비교하고 종합적인 판단을 내리겠지만 상상력을 통한 창의성은 예술의 최강 기준이라는 것이다. 윤소연의 시조에는 많은 단점과 장점이 내재하지만 그만의 목소리를 가지고 있다는 강점을 배제할 수 없다. 뚝배기에 끓여낸 청국장의 맛처럼 더러 독자들의 입에는 거칠고 냄새가 심할지도 모르겠지만 직관에 근거한 강한 메시지와 풍자는 당연히 윤소연만의 특징이라고 할 수 있다. 청국장이 급하게 필요해서 만들어 먹는 음식이라면 뚝배기 또한 거친 오지그릇을 말하는 것이니 윤소연 시가 풍기는 맛과 빛깔도 간단치는 않을 거라는 강한 느낌을 받았다. 표현 불가의 금역도 마다하지 않고 넘나드는 그의 상상력과 과감성이 가끔 그의 시에 독이 될 수도 있고 반면으로는 약이 되기도 하는 것이어서 이를 쉽게 단정하기란 역시 어려운 일이다. 고종명考終命의 연치에 수년을 갈고닦아 얻어낸 청국장 냄새 가득한 그의 시 세계로 들어가 보자.

2. 지고至高에 이르고 싶은 두 개의 화두 '그대'

문득 나, 그대와 겸상

밥 한 끼 먹고 싶네

놓쳐버린 그 옛 시간

묵은 사랑 한 술 없어

앙가슴

허기진 골을

다독다독 달래고 싶네

옹근 옛 맛 풀어내는

자글자글 된장 뚝배기

예쁘단 말 한마디에

온몸이 달아오르고

야성이 꿈틀거리는

벽화 속

숫처녀 초상

　－「뚝배기 수사학修辭學」전문

　표제작인 이 작품에는 이 시집을 꾸려내려는 시인의 소회와
만감이 모두 들어있다. '그대'가 단순하게 세상을 먼저 등진 배
우자라 해도 적당하겠지만 중의重義를 담았다면 '시조'일 가능
성이 높다 하겠다. '배우자와 시조'는 시집 속에서 그가 가장 고
민하고 그리워하는 대상임을 알 수 있다. 이 두 이미지를 가장

절실하고도 단출하게 그려낸 작품을 시집 가장 앞에 둔 것은 시인의 소망을 여실하게 보여준다. 사람과 사람이 더불어 살아가는 가운데 밥을 함께 먹는 것만큼 소중한 일도 없을 것이다. 더구나 "그대와 겸상"이라고 한 부분은 주목할 만하다. 단둘이 마주 앉아 먹는 겸상은 얼마나 따뜻하고 오붓할 것인가. 다하지 못한 감정을 "옛 시간"과 "묵은 사랑"에 담아 시간과 대상을 한정하고 "앙가슴/ 허기진 골"에 돌려주고 싶은 것이다. 이렇게 첫 수를 풀어내고 나서 시인의 정감은 한껏 부풀어 오르고 있다. "옹근 옛 맛 풀어내는/ 자글자글 된장 뚝배기"는 입과 귀로 먹는 공감각의 맛이다.

그리고 이어지는 중장과 종장은 평이하지 않다. 이것이 윤소연식 표현 방법이다. 다소곳하게 돌아앉아 입을 가리고 음식 맛을 음미하는 것이 아니라 화자는 시인의 마음인 듯 이성의 본능에 충실하다. "숫처녀 초상"으로 마무리한 종장은 누가 보기에 조금 민망할 수도 있는 표현이지만 작자는 마다하지 않는다. "예쁘단 말 한마디"는 남녀 간의 칭찬일 수도 있지만 다르게 보면 '시조'를 잘 쓴다는 스승의 칭찬일 수도 있다. 시제를 보아도 '뚝배기'와 '수사학'은 반어적 표현이라서 적당하지 않아 보일 수도 있겠지만 반어 속에 웅크리고 앉아있는 '앙가슴'과 '야성'의 모습을 보면 은근히 미소가 스며 나오지 않는가. 지금은 세상에 없는 시인의 배우자는 저승에서도 웃음이 마르지 않겠다.

이외의 다른 작품들에서도 '그대'를 향한 시인의 마음이 두 갈래로 나뉘어 뻗어가고 있는 모습을 볼 수 있는데 역시 배우자에 관한 정염과 시조에 대한 애착이 그렇다. "아늑한 이 안식처/ 세상에 또 있을까// 가끔은 몰래몰래/ 떠올리는 그 참외밭"(「타임머신 원두막」), "어떤 땐 대나무처럼/ 텅 빈 속 맹물 같은// 아무런 맛도 없는/ 그런 사람/ 나 알지요"(「사랑」)에서는 이성에 대한 고백과 회한이 녹아있다. 다른 한 줄기는 시조를 향해 뻗어가는데 질책과 후회가 가득하다. "엽엽한 시 한 편 없는" "가죽만 남겨놓고 호랑인 어딜 갔나?/ 쳐다본 하늘 저편/ 웬 낙서 뭉치 저리 많을까/ 썼다가 구겨버린 것"(「무명 아티스트」)이라고 한탄하고 있다. 자신의 시편들을 향해 "낙서 뭉치"라고 한 이면에는 얼마나 많은 후회와 다짐이 서려있을까. 다른 작품 속에는 이런 자탄도 있다. "어느 별자리 혼을 놓고 비틀비틀 헤매 도나/ 인파 속 현란한 시어/ 줍고 있는 저 목각 인형// 보물지도 두루 찾듯이 인사동 고서점을/ 허기진 채 기웃대며 긁어모은 내 시어들"(「모조 모나리자상」). 늦은 나이에 접어든 시인의 길이 이렇게 험난할 줄 어찌 알았으랴. 그래도 "서투른 모자이크로" 한 줄 두 줄 원고지 빈칸을 채우는 떨리는 손과 열정이 오롯하다. 「타임머신 원두막」「사랑」「무명 아티스트」「모조 모나리자상」 등의 작품에 나타난 '그대'의 이미지는 시인 윤소연이 지향하는 두 개의 화두를 향해 질주하고 있는데 이러한 질정質定이 그의 "텅 빈 속 맹물 같은" 역설의 기개를 감지할 수 있게 하는 것이리라.

3. '늑대'와 '십이월 사내' 그리고 '울고 싶은'

예술의 모든 장르에서 가장 오래된 주제는 아마도 사랑일 것이 분명하다. 시대의 가치관과 지향하는 목표가 다를지언정 연인들이 갈망하는 사랑의 이정표는 대개 유사하고 단순한 것이 특징이다. 예술 작품 속에는 다양한 기법과 디테일이 존재하겠지만 대체로 시류의 규범과 유행을 따르는 것이 보편적이라 할 수 있다. 그리고 사랑은 늘 이성 간 둘만의 세계에서 존재하는 은밀하고 신비로운 진행이어서 세간의 추측이나 속단은 금물일 수도 있다. 윤소연의 작품에서는 시인의 연치나 시류에 연연하지 않는 솔직하고도 파격적인 상상력과 표현이 아무 거리낌 없이 드러나고 있어 눈길이 간다.

고추밭에 놀러 온 놀
벌겋게 물들어 가고

이명耳鳴 속 매미 울음

붉게 붉게 잦아든다

풋과부, 막내 시누이
늑대 한 마리
기다리는 밤
　─「달맞이꽃」 전문

　과부는 남편이 죽어 혼자 사는 여자를 일컫는 말이니 "풋과
부"는 어려서 혼자된 과부라고 예측할 수 있다. 작품에서 주인
공인 '풋과부'를 에워싸고 있는 주변 상황이 모두 예사롭지 않
다. 시제 "달맞이꽃"에서부터 "고추밭", "매미 울음", "늑대"까지
모두 성性에 관련된 상상을 부추길 수 있는 여지가 다분한 용
어들이다. '달맞이꽃'은 밤에만 피는 꽃이어서 그렇고 '고추'는
남성을 상징하는 단어가 아닌가. '매미 울음'은 물론이고 '늑
대'는 남성의 음흉하고도 끈질긴 성욕을 유추하게 하는 표현
이다. 그리고 하필이면 왜 "막내 시누이"란 말인가. 웃음이 나
오다가도 시인이 설정해 놓은 분위기에 놀라움을 금치 못할 정
도다. 위에 지적한 다양한 시어들이 어우러져 자아내는 여성의
숨겨진 성적 욕망을 생각하며 "벌겋게", "붉게 붉게" 물든 한여
름의 열기를 느낀다. 이런 특이한 표현과 이미지 형성은 독자
들에게 자칫 저급하다는 반응을 느끼게 할 수도 있지만 공감각

이 총동원된 시인의 상상력에 박장대소가 터질 듯하다.

　　새파란
　　초승 첩이

　　사립문 밖
　　여수는데

　　삐대는
　　십이월 사내 좀 봐

　　피 터지게
　　꼬집어주랴?
　　　–「매듭달, 안단테」부분

　　까닭 모를 우울증에
　　매니큐어 손톱 세워

　　바위 같은 너의 침묵
　　콕 꼬집고 싶은 봄날

창밖의 수수꽃다리

나만 두고 사라진다

　－「울고 싶은 봄, 봄」부분

　달과 봄이라는 자연과 현상을 통하여 여성의 오묘한 심리를
에둘러 표현한 작품들이다. 위 두 작품에 나타난 '꼬집다'라는
시어가 눈에 띄는데 '손톱'이라는 무기는 여성의 질투심을 대
표하는 말로 속칭되어 왔다. 왕의 얼굴에 손톱자국을 낸 왕비
가 사약을 받았다는 이야기는 사극을 통해 널리 알려진 전설이
라 할 만큼 위험한 '무기'였다. 시인은 이 사실을 패러디 한 것
일까. "피 터지게/ 꼬집어주랴", "꼬집고 싶은 봄날"로 표현하
는 묘수를 두고 있다. 그러나 "뼈대는/ 십이월 사내"와 "바위 같
은" 침묵을 지닌 남자는 상반된 입지를 구축하고 있는데, 둘 다
상대방 여성의 호기심 밖에서 놀고 있는 형국이다. "매듭달"과
"봄"을 부재로 끌어들인 두 작품은 여성이 이성을 향해 발심하
는 동기를 아주 섬세하면서도 과감하고 직설적으로 표현하고
있다. 시인은 마치 20대 처녀의 심리 상태를 꿰뚫어 보는 듯한
상황을 연출하여 달과 봄에 연결함으로써 작품의 분위기를 밀
도 있게 엮어나가는 모습을 보여주고 있다.

4. '무기력'과 마주하는 '부름켜'의 시간

윤소연의 시조는 다소 떠들썩하다. 능치고 빠지는 재담도 그
렇거니와 사소한 소재에도 넘치는 상상력을 불어넣은 부분도
많고 자칫 음담에 가까울 정도의 언어도 스스럼없이 꺼내 들기
때문이다. 그러나 이러한 모든 요소들이 모여 윤소연이라는 캐
릭터를 구성하고 있다는 것을 감안한다면 이 또한 새로운 특징
이라 해도 무방할 것이다. 시인의 본성이 언제나 침잠하고 고
독과 마주 서는 것은 아니다. 일상 위에 서있는 것은 시인이라
기보다는 생활인이라고 하는 편이 옳다. 그렇지만 시인의 눈은
늘 일상 속에서도 촉수로 예민한 감각을 작동하고 있다. 사소
한 풀과 굴러다니는 자갈에서도, 매일 하늘에 뜨고 지는 달에
서도 기운을 받고 이를 시로 풀어낸다.

　　등에 업힌 천근 무게
　　덜 데 없는 천지간에

　　눈곱만큼 양보 없는
　　콘크리트 틈새 밀고

　　맞장 뜬 저 소녀 가장

부름켜 곧추세운다
 -「민들레, 민들레」전문

아주 흔하여 보잘것없지만 먹거리나 약재로 서민들 가까이에서 많은 이로움을 주는 풀이 바로 민들레다. 많은 시인들이 민들레를 통해 작은 것에 대한 소중함과 강인함을 노래하기도 했다. "일편단심 민들레"라는 노랫말도 민들레의 뿌리가 곧고 깊이 내리기 때문에 나온 말인 듯하다. 민들레의 꽃말은 '불사신'으로, 주로 사랑의 신탁을 상징하는 것은 두 가지 요소 때문일 것이다. 하나는 질기고 곧게 뻗는 강한 뿌리요, 다른 하나는 멀리까지 씨를 퍼트리는 홀씨의 힘일 것으로 추측된다. "천근무게", "양보 없는", "소녀 가장"이라는 시어들이 각 장에서 튼튼하게 중심을 잡고 있다. 모두 측은하고 오갈 데 없는 딱한 처지에 놓인 시어들이지만 "맞장 뜬"이라고 단정한 윤소연의 종장이 소녀 가장과 시조의 결기를 세우며 작은 민들레를 "곧추세운다" 해도 좋을 듯하다. 또한 "콘크리트 틈새"라는 경직된 상황은 민들레를 더욱 강하게 밀어주는 가운데 모든 시어들이 더도 덜도 아니고 자기의 자리와 힘을 적당하게 지키고 있는 모습에서 단수의 힘을 느끼게 된다. 또 한 편의 단수를 보자.

할머니

저 하늘 풍선
바람이 빠지나 봐요

가득 차면 비워야지
하나둘 버리는 거야

통통한
할미 보름달
볼
눈썹만큼
남았구나
　－「달의 생애」 전문

　할머니와 손자의 정담이 따뜻하다. 늘 차고 비워지는 달이
지만 두 사람의 대화를 통해서 다시 보니 새삼스럽다. "하늘 풍
선"이라는 손자의 말도 재미있지만 "가득 차면 비워야지"라는
대답에는 연륜의 깊이가 서려있고 "눈썹만큼/ 남았구나"로 완
결되며 "달의 생애"가 자연스럽게 끝난다. 손자의 눈에는 하늘
풍선에서 바람이 빠지는 것이 불안하게 보이지만 할머니의 말
에서는 자연스러운 의지의 표현으로 대조되면서 뭉근한 신뢰
와 다정함이 묻어나고 있다. "통통한/ 할미 보름달/ 볼/ 눈썹만

큼/ 남았구나"를 조용히 암송하다 보면 '할머니의 생애도 눈썹
만큼 남았구나'로 들려와서 자못 마음이 무거워지지만 나고 죽
는 것도 커다란 자연의 순리라고 위안하면 시에 나오는 두 사
람의 그림자가 더없이 따듯하기만 하다.

사람한테
삐져나온
세모 네모 길쭉 넙적

뾰족뾰족
성깔머리
제 무기력 이겨내려

자존심
자극하는 길
찌릿찌릿 맨발로 걷네
―「자갈길 랩소디」 부분

자갈길만큼 걷기가 불편한 길도 없다. 크기와 모양이 제각각
인 돌밭에서는 넘어지거나 미끄러지기 십상이기 때문이다. 그
길을 걸으며 시인은 자신의 "뾰족뾰족/ 성깔머리"를 반성하고

있다. 사람의 성격이야 "세모 네모 길쭉 넓적"한 것이 자연스러운 법이니 그들과 어울려 사는 일이 얼마나 복잡하고 신경 쓰이는 일이겠는가. 즉흥적이고 환상곡풍인 랩소디가 암시하듯이 자갈길 또한 한 발자국 앞을 예단하기 어려운 일이니 "자존심/ 자극하는 길/ 찌릿찌릿 맨발로 걷"는 것은 화두를 짊어지고 떠나는 순롓길이 아닐까 싶다. '무기력'과 수시로 마주해야 하는 현대인들의 일상에서 조용히 '부름켜'를 돌보는 노년의 손길이 아름답다.

5. 허기로 돌아오는 높새바람 한 자락

의료 과학이 발전하고 식생활과 거주 환경이 개선되어 백 세 인생의 시절이 도래했다. 논어에서 회자된 불혹과 지천명 또는 이순과 고종명의 기준이 상향 조정 되어야 마땅하다 하겠다. 그러나 나이가 들고 자신이 부모가 되어도 제 부모를 잊지 못하는 것은 인간의 본성이고 천리라는 생각에는 변함이 없다. 어느 텔레비전 프로에서 들은 '나이가 들수록 어머니에 대한 그리움이 더 간절하다'는 구순 노인의 고백은 인지상정이라 해야겠다. 인간은 모든 동물 중에서 성장 속도와 인지능력이 가장 더디다고 한다. 현실을 둘러보아도 나이 30세가 되었지만 스스로 독립하지 못하는 청년들이 상당하다고 하니 사회적 문

제라고 해야 할 것이다. 그러니 시절이 변해도 부모의 역할은 점점 더 녹록하지가 않다. 윤소연의 시편에도 어김없이 부모님에 대한 소회가 오롯하게 숨어있다.

울 엄니 장광에 알밤 투두둑 지는 가슬에
사립문 빠끔 열고 저녁노을 들어서면
컹 컹 컹 꼬랑지 흔들며 검둥개 짖어대고

오래비 사탕발림에 홀딱 빠진 올케도 와
간당간당 살아온 얘기 국숫발처럼 뽑아내면
엄니는 오래간만에 살맛 한껏 나시는가

이 맛도 저 맛도 아닌 중국산 식품들은
당최 입맛만 버린다고 올망졸망 싸주신
콤콤한 청국장, 된장, 들깻잎서껀 밑반찬

온갖 스트레스 다 녹아든 뭉근한 그 맛에
사는 일 아리송한 내 맺힌 속도 풀어져
수천 번 공수표만 날린 지아비도 밉지 않네
  ─「어머니 청국장」전문

이 한 편의 시에는 어머니를 비롯한 일가의 전체 모습이 대략 그려져 있다. "오래비 사탕발림에 홀딱 빠진 올케"와 "지아비"인 남편도 등장하고 있으니 화자를 포함해서 다섯 식구의 입지와 상황이 동그라니 모여있다. 화자의 입장에서는 오래비와 올케가 시큰둥해 보여도 어머니는 눈에 넣어도 아프지 않을 아들이니 "오래간만에 살맛 한껏 나시는" 것은 당연지사다. 어머니가 싸주신 반찬들은 입만 호사하는 게 아니라 "온갖 스트레스 다 녹아든 뭉근한 그 맛에/ 사는 일 아리송한 내 맺힌 속도 풀어져" 만병통치로 다가오는 보약이 아닌가. 입맛은 기억이 오래가서 성인이 된 후에도 유아기에 먹었던 음식은 중독되는 경향이 있다. 특히 「홍어 애」에서 "명치끝 체기로 남아 늘 콧등이 저려오는/ 울컥울컥 치민 울화, 온갖 시름 반평생"이라고 토로한 부분을 읽으면 사람이 죽을 때까지 잊지 못하는 것이 '입맛'임을 알 수 있다. 바로 그 입맛의 주인이 어머니 아닌가.

겨울 채비 미처 못 해
바라보는 입동 하늘

천년의 허기 같은
높새바람 불어오고

놋주발 자리끼 물은
살얼음 동동 떠있다

설핏 잠든 사이로
우렁각시 울 어머니

한 소리 또 해대시며
절임배추 손보실 적

시린 손 더 시리게 하는
첫추위 맵찬 바람
　－「입동 무렵」 전문

　예전에는 입동 무렵이 참 바쁜 계절이었다. 농가에서는 추수
를 마쳐야 했고 겨울을 날 여러 가지 식품과 땔감을 마련하고
갈무리해야 하는 시기였다. 부모님과 자식들을 혹한과 폭설 속
에서 보호하며 길고 긴 겨울을 안전하게 나야 하는 가장은 몸
이 열 개라도 부족했다. 그러니 "입동 하늘// 천년의 허기"라는
문구가 절절하게 다가온다. 딸을 시집보내고도 어머니의 마음
은 편안하지 않아서 "한 소리 또 해대시며/ 절임배추 손보"고
있으니 가없는 어머니의 사랑은 세월이 한참 지나고 나서도 자

꾸 눈에 밟히고 미안한 것이다. 이제는 자신이 자식을 돌아보니 어미의 마음을 알 것 같기도 한데 돌아보면 아무도 없고 허기만 가득하다. 그러나 부모에게 받은 사랑은 자식에게 주는 법이라는 말로 모든 것을 털어버릴 수밖에 없는 것이 인생이니 너무 아쉬워하지도 두려워하지도 말 일이다.

6. 나가며

이상에서 살펴본 윤소연의 첫 시조집 『뚝배기 수사학』은 다양한 소재에 직관이 스며든 보기 드문 내용들로 가득 차 있었다. 뚝배기는 다소 거칠고 고급스러운 그릇은 아니며 청국장 또한 세월을 건너서 급하게 만들어 먹는 조금은 요란하고 튀는 음식이라는 것을 감안한다면 시집에 담긴 시들도 이와 닮아있었다. 그러나 음식이 개인의 취향에 따라 호불호가 갈리는 다양성을 고려한다면 윤소연의 시조가 발산하는 향과 온기도 각별한 것이라고 생각한다. 그가 시조에 담고자 했지만 아직 낯설고 부족한 부분들도 언젠가는 윤소연 시조의 강점으로 자리 잡아 갈 것이다. 지고해지려고 노력했던 만큼 많은 상처와 갈등을 딛고 일어서는 노시인의 첫발자국은 더디겠지만 '십이월의 사내'처럼 끈질기고 '늑대'처럼 영리하게 전도를 헤쳐 나갈 수 있으리라 믿는다. 그의 시조에서 보았듯이 '무기력'과 맞장

뜨며 조금씩 '부름켜'를 곧추세우려는 수많은 노력들을 상기
하며 윤소연의 소망이 가득한 그의 '몽당연필'을 되새기며 글
을 맺기로 한다.

그림으로 그리자면

하늘도 모자라고

천금도 아깝잖은

무한량 값인 것을

얼만지

모르는 순수

몽당연필이

적고 있다
─「무한대」 전문

뚝배기 수사학

—

초판 1쇄 2021년 2월 10일
지은이 윤소연
펴낸이 김영재
펴낸곳 책만드는집

—

주소 서울 마포구 양화로3길 99, 4층 (04022)
전화 3142-1585·6
팩스 336-8908
전자우편 chaekjip@naver.com
출판등록 1994년 1월 13일 제10-927호
ⓒ 윤소연, 2021

—

* 이 책의 판권은 저작권자와 책만드는집에 있습니다.
  이 책 내용의 전부 또는 일부를 재사용하려면 양측의 동의를 받아야 합니다.
* 잘못 만들어진 책은 구입하신 서점에서 바꾸어 드립니다.

—

ISBN 978-89-7944-754-5 (04810)
ISBN 978-89-7944-354-7 (세트)